글 신현운 · 그림 김소민

KB082505

달님이 따라와요

연인 M&B

어! 달님이다.
달님이 웃고 있네.

어~어!
달님이 따라오네?

그런데 **달님**은
왜, 나만 따라오지?

어디 한번 뛰어 볼까?

그래도 달님이 따라오나?

어디 그럼!
나무 뒤에 숨어 볼까?

이젠, 달님이 돌아가겠지?

어~엉?

그런데 **달님**은

아직도 그대로 있네?

그럼!
돌담 뒤로 숨어 볼까?

이젠, 정말로 달님이 돌아갈 거야!

엇? 아직도 그대로네?

달님은 왜,

내가 움직일 때마다 따라오지?

이상하네?

달님은 나만 따라오고…….

정말 이상해!

앗, 깜짝이야!

달님이 내 방까지 따라왔네?

왜, 여기까지 따라왔지?

엄마, 엄마!

왜, 달님은 나만 따라와요?

지금 내 방 창문에 와 있어요!

그~래, 달님이
우리 준서만 따라왔어?

왜, 따라왔을까?

달님이 따라오는 것은
우리 준서를
너무 좋아해서 따라오는 거야.
좋아하면 늘 같이 있고 싶거든.

달님!
나도 **달님**이 정말 좋아요.